Mitología maravillosa
para niños
Amenos relatos de los clásicos griegos

Luis Francisco Trujillo

SÉLECTOR
ACTUALIDAD EDITORIAL

Mitología maravillosa para niños
Luis Francisco Trujillo

© iStockphoto, imagen de portada

SELECTOR
ACTUALIDAD EDITORIAL

D.R. © Selector S.A. de C.V. 2018
Doctor Erazo 120, Col. Doctores,
C.P. 06720, México D.F.

ISBN: 978-607-453-563-1
Primera edición en este formato: junio de 2018

Impreso en México
Printed in Mexico

Índice

Presentación

Antes de esta obra, salió a la luz *Mitología fantástica para niños*, en el que tuve la oportunidad de volcar la pasión que siempre he tenido por el tema de la mitología griega.

Aquella primera obra significó y significa mucho para mí: la oportunidad de comunicarme con un público joven, anhelante de maravillas, para ofrecerle una introducción a esta fuente de múltiples riquezas que es la mitología griega, labor que con esta segunda obra, me parece, queda "redondeada" en lo general.

Ambas comparten algunos elementos en común. Aquélla venía apartada por secciones, las que a su vez se componían de pequeños relatos. En ésta no hay grandes secciones, y las narraciones breves se encuentran al parecer deshilvanadas, pero en realidad se siguen unas a otras en un orden marcado por la aparición de ciertos personajes o ciertas circunstancias.

Espero que esta forma de tratar la mitología griega, así como el lenguaje y la redacción de las historias no resulte tediosa o rebuscada, sobre todo para los lectores más jóvenes, y por el contrario facilite la comprensión y aumente el interés en lo narrado.

La mitología griega es una especie de trincado ramaje de historias, cada una de las cuales tiene varias versiones y autores, de manera que en muchas ocasiones surge la contradicción y el aparente sinsentido, pero detrás de este desorden siempre reluce un especial encanto y una profunda sabiduría

Espero haber podido captar algo de ello en las siguientes páginas. Por último, sólo queda expresar el deseo de que esta obra, de ser posible en conjunto con la anterior, sirvan como una invitación a las más jóvenes generaciones de lectores para interesarse en los temas y en las enigmáticas y fascinantes figuras del humanismo clásico, que con ellas den forma a su imaginación y que les sean útiles a lo largo de su vida.

Aun cuando este libro puede ser leído al azar, es decir, comenzando desde cualquier historia y de ahí pasar a una anterior u otra posterior, creo que la mejor manera de leerlo es de principio a fin.

Acteón

Cadmo, rey de la ciudad de Tebas, dispuso que su nieto Acteón desde muy niño se hiciera alumno del centauro Quirón, personaje de gran sabiduría, que instruyó a varios héroes y personajes principales de toda Grecia. El niño pasó algunas temporadas en la cueva del sabio centauro, primero estancias cortas pero luego, conforme fue creciendo, fueron más y más largas.

Resultó muy buen estudiante; aprendió de su maestro ciencias y letras, pero lo que más le interesó fue el arte de la cacería, para la cual poseía grandes aptitudes.

Llegó a destacar en esta práctica de entre todos los jóvenes del reino. Tenía un brioso caballo, arco, flechas, y una jauría de cincuenta perros, con los que gustaba internarse en el bosque, junto con algunos de sus amigos, en busca de presas salvajes y hermosos trofeos, como cornamentas, pieles y animales para ser disecados.

Es muy conocido el amor y la fidelidad que un perro llega a tener para con su amo, pero en el caso de la jauría de Acteón, dicho sentimiento sobrepasaba todo límite, pues los animales llegaron a convertirse en compañeros entrañables de su amo. El muchacho conocía perfectamente el nombre y la personalidad de cada uno de los perros. Comía con ellos e incluso en algunas ocasiones dormía en su compañía; se internaban en los bosques y las montañas durante días, y juntos celebraban alegremente las victorias, a la vez que padecían sus frustraciones...

En una ocasión, Acteón y sus amigos —tanto los humanos como los caninos— se adentraron en el valle de Gargafia, lugar al que la diosa ARTEMISA gustaba ir a cazar. Durante toda la mañana y buena parte de la tarde, los jóvenes se entregaron a su deporte, rastreando y acorralando jabalíes, osos y venados. Cuando el cansancio los venció se reunieron para tomar sus alimentos y relatarse sus respectivas aventuras.

Acteón no había podido cazar nada, de manera que no se encontraba de buen ánimo, así que luego de comer se separó del grupo para ir a dar un paseo por ahí, solo, meditabundo y cabizbajo. En esto andaba, pateando piedras y cortando alguna ramita cuando, entre los diversos murmullos del bosque, logró distinguir algunas risas femeninas que inmediatamente llamaron su atención.

Rastreó las risas un buen rato hasta que llegó al remanso de un río, algo escondido entre el ramaje. Con sumo cuidado separó la maleza para poder observar en su entorno sin ser visto, y lo que encontró fue un espectáculo que ni los mismos dioses conocían.

En las aguas mansas y centelleantes por el sol, Artemisa se bañaba en compañía de sus fieles ninfas, que jugueteaban, riendo y cantando por todas partes. El joven cazador quedó maravillado y permaneció sin moverse, aunque sabía que lo que estaba haciendo era una falta imperdonable, pues de todos era conocido el celo con él que la diosa guardaba su intimidad.

Entre sus Juegos, una de las hermosísimas ninfas fue a dar cerca de donde se encontraba el indiscreto muchacho y se percató de su presencia. A gritos dio la voz de alarma, provocando que rápidamente sus compañeras rodearan a Artemisa, para impedir que el mortal pudiera contemplar la prohibida desnudez sagrada. La diosa enrojeció de vergüenza y de ira, mientras Acteón, asustado, echó a correr, en el intento de huir de la ira divina.

Pero fue inútil, pues Artemisa, con un leve movimiento de su mano, provocó como castigo que el cuerpo de Acteón se transfigurara. Éste sintió de pronto cómo corría con mayor facilidad y ligereza. Sin reparar demasiado en ello corrió y corrió por el bosque hasta llegar a una pequeña fuente, a cuya superficie acercó el rostro para beber un poco de agua, pero se horrorizó al ver su figura reflejada en ella, pues se trataba de la cabeza de un venado.

Acteón lanzó un grito, mezcla de dolor y arrepentimiento, pero lo que salió de su garganta no fue una voz humana, sino el balido de un ciervo.

Cuando escucharon esto los perros pararon las orejas y se alistaron para la caza. Acteón echó de nuevo a correr sin rumbo definido, pues no sabía qué hacer... ¿habría de pedir perdón a la diosa?... Pero ¿dónde hallarla? ¿Habría de ir con sus amigos? ¿Debería buscar a Quirón, su maestro? ¿Habría de internarse en el bosque y con el tiempo todo se solucionaría?

Corría de un lado a otro, balando y balando desesperado, lastimándose la piel y la cornamenta con las piedras y los troncos...

Los perros se pusieron a rastrear al animal que tan fácilmente se había dejado detectar y pronto dieron con su pista. Por su parte, los jóvenes amigos de Acteón, ya repuestos y descansados después de comer, tomaron sus artes de caza y echaron andar tras el ladrido de los perros.

Acteón oyó a sus animales que venían ¡tras él!, ¡tras su pista!, y trató de gritarles, de llamarles por sus respectivos nombres para que lo reconocieran, pero nada de eso logró, por lo contrario, el balido que salía de su hocico aumentó la saña de los animales y el deseo de conseguir una pieza para su querido amo.

La desesperación de Acteón, el joven cazador, el nieto del rey de Tebas, el sacrílego, el ciervo, creció y creció hasta desbordarse, hasta llegar a ser idéntica a la que siente cualquier animal cuando es perseguido por un cazador y sus perros.

Éstos pronto llegaron hasta donde se encontraba la presa y la rodearon, ladrando estruendosamente, felices por haber conseguido un trofeo más para su amo, y a la vez enardecidos por su instinto moldeado para la caza. "¡No... No...!", quería gritar Acteón... "¡Déjenme... Soy su amigo... Soy su amo... Déjenme... Aléjense...!"

Melampo se llamaba el perro principal de la jauría, y fue él, el más querido de Acteón, quien primero se abalanzó sobre el ciervo y le clavó los colmillos en el lomo. Pronto hicieron lo mismo Panfagos, Dorceo Oribasos y todos los demás. La sangre de la víctima los enloqueció a tal grado que cuando los compañeros de caza de Acteón llegaron al lugar ya los perros habían devorado al ciervo y habían dejado de él solo algunos huesos y jirones de piel.

La noche cayó y Acteón no apareció por ninguna parte. A la mañana siguiente, cazadores y perros dejaron la caza para buscar a un joven compañero, pero nada pudieron encontrar. A su manera, los perros llegaron a sentirse culpables por haber devorado su trofeo y creyeron que era esa la razón por la que su amo los había abandonado.

Pronto cazadores y sabuesos tuvieron que regresar a la ciudad y contar al rey Cadmo lo que había sucedido con su nieto. Pero aunque a todos entristeció la noticia, nadie lo sintió tanto como los perros, que se negaron a probar alimento y se pusieron a aullar y aullar lastimosamente por todo el palacio, por las calles de la ciudad, por todas partes y a toda hora, buscando a Acteón.

Para lograr que se callaran, tuvo que intervenir el propio Quirón: fabricó, con el tronco de un árbol, una estatua parecida a su joven alumno y con cuyas ropas la vistió. Los perros cayeron en el engaño y se fueron a echar, contentos y arrepentidos, a los pies del muñeco, de donde nadie los pudo separar.

La voz de Quirón

Un solo drama, como en el caso de Acteón lo era la práctica de la cacería, puede ofrecer experiencias muy distintas para sus actores, que en este caso eran el cazador y el cazado. Que no te sea necesario llegar a tanto como este pobre muchacho para comprender lo que puede sentir la persona a la que puedes afectar con sus actos.

El juicio de Paris

Una noche, Hécabe, la joven reina de Troya, tuvo un sueño extraño; se vio arrullando a su pequeño hijo, un niño recién nacido y completamente envuelto en mantas blancas.

Toda la corte del reino aparecía feliz rodeándola, festejando el nacimiento del nuevo príncipe. Su esposo, el rey Príamo permanecía orgulloso a un lado, recibiendo satisfecho las felicitaciones.

Cuando Hécabe accedió a las solicitudes de la concurrencia y destapó al pequeño para que todos pudieran verlo, éste se veía espantoso, como una especie de monigote deforme hecho con ramas secas anudadas, entre las que se retorcía un sinfín de delgados gusanos de fuego. Ante el grito horrorizado de la madre, el niño comenzó a llorar e inmediatamente se encendió, como se encienden las antorchas.

La reina, espantada, dejó caer el niño al suelo y la multitud comenzó a correr en todas direcciones, presa del pánico.

El niño, envuelto en llamas y llorando monstruosamente, comenzó a gatear por todas partes a gran velocidad, incendiando la ciudad entera... En este punto, Hécabe despertó gritando. Príamo, que dormía a su lado, despertó y de inmediato la tomó cariñosamente entre sus brazos.

—Calma —le dijo—. Calma, hermosa. Tuviste un mal sueño. Cálmate, le puede hacer daño a tu embarazo.

Algunos días después, efectivamente, Hécabe dio a luz a un niño, el príncipe Paris, quien a diferencia de lo que había sucedido en el sueño era hermoso y perfectamente normal. Sin embargo, inquieto por las horribles imágenes que su esposa le había narrado, Príamo consultó al más grande adivino de todo el reino para que las interpretara. Éste dijo que el sueño advertía de tremendos males, pues significaba que, al crecer, Paris arrastraría a Troya al desastre; a la destrucción total.

—Deben deshacerse de él —aseguró el adivino—. Traerá el mal a todo el reino... Más vale que lo maten, Príamo. ¡Más vale que lo maten ahora mismo!

El rey no dudó ningún momento de las palabras de aquel hombre, pues sabía que los dioses mismos hablaban por su boca.

Ordenó que de inmediato se separara al pequeño de los brazos de Hécabe y fuera sacrificado. Pero el esclavo al que se le encomendó la tarea no tuvo el coraje para matar al niño, y decidió abandonarlo en un paraje alejado de las grandes murallas de la ciudad, que según la tradición, habían sido levantadas por el mismísimo dios Poseidón.

Cinco días permaneció en ese sitio el recién nacido que de seguro habría muerto de no haber sido porque una osa lo amamantó. Hasta que fue encontrado por una familia de campesinos que se apiadó de él, lo llevó a su casa, lo adoptó como hijo y lo llamó ALEJANDRO.

Paris-Alejandro creció en el campo, ejerciendo el oficio de pastor, y pronto se destacó de entre los demás pastores por su gran belleza y su gracia natural, que eran indicio inequívoco de un origen real.

Tenía a su cargo una manada de toros perteneciente a su padre adoptivo, Aguelao. Por diversión organizaba luchas entre ellos. Al vencedor de cada contienda lo premiaba con una corona de flores que le colocaba alrededor de la cornamenta, mientras al perdedor le correspondía una corona de paja. Cuando uno de los toros llegó a ser el campeón indiscutible del ganado, Paris lo llevó a luchar contra toros de otros dueños, fungiendo él siempre como juez.

Ningún toro podía ganarle al de Paris, por lo que ambos, bestia y dueño, se hicieron muy populares, tanto que el eco de sus nombres llegó al Olimpo, junto con la mala fama —pues nunca falta la sombra de la envidia debajo de un gran nombre— de que Paris, como juez, era un tramposo.

En una ocasión ofreció Paris una corona de oro al toro que venciera al suyo, y Ares, el dios de la guerra, bajó a la tierra, transformado en un hermoso toro bermellón, un poco por simple diversión y un poco por poner a prueba la honestidad y el buen juicio del joven pastor. Sin palabras, dándose a entender sólo con los movimientos del cuerpo, Ares retó al toro de Paris y éste aceptó el desafió

Con gran furia, pero también con gran belleza, los animales se enfrentaron, derribando árboles y levantando nubes de polvo, enfatizando el coraje con sus mu-

gidos como símbolo de poder y derramando la sangre propia y la del contrario

Triunfó Ares, y Paris no titubeó al declarar la derrota de su toro y coronar al vencedor. Éste, al igual que todos los dioses que desde el Olimpo observaban la escena, se admiraron por el buen juicio y la rectitud que había mostrado el joven pastor.

Pasó el tiempo, y se dio el caso de que en Ptía, una ciudad muy lejana de Troya, celebraban las bodas de Peleo, rey del lugar, con la nereida Tetis.

A la fiesta fueron invitadas personas importantes no sólo de Ptía, sino también otras ciudades, junto con varios dioses.

Como entre las invitaciones no había sido enviada ninguna para Éride, la Discordia, ésta, envidiosa, se presentó repentinamente y, sin decir más, sacó de entre sus vestiduras una bella manzana de oro, que tenía grabada la leyenda "para la más hermosa".

La mostró a todos los presentes y la lanzó al suelo, cerca de donde se hallaban tres de las principales diosas del Olimpo: Atenea, Hera y Afrodita.

Al momento, las tres se inclinaron para tomarla y pronto inició entre ellas una disputa acerca de quién era la que realmente merecía tan preciado tesoro.

Tanto creció el desacuerdo entre los dioses que pronto tuvo que intervenir el mismo Zeus, quien decidió turnar el juicio a Paris, pues había demostrado ser un juez justo y atinado

El joven pastor se encontraba tranquilamente sentado al lado de una fuente cuando aparecieron ante él las tres diosas, acompañadas por Hermes, quien le ofreció la manzana y le dijo:

—Zeus ordena que le des esta manzana a la más hermosa de estas tres diosas. La decisión que tomes tendrá gran importancia para el futuro de la humanidad entera.

Paris, asombrado, quiso rehusarse:

—¿Cómo puede ser que un humilde pastor como yo decida algo tan importante. Si el asunto concierne a los dioses? ¡No, no puedo elegir entre ninguna!...

—Debes hacerlo —ordenó Hermes, terminante.

—Lo que haré será dividir en tres la manzana y daré una parte a cada diosa —propuso el joven, al no tener otra opción, pues la orden provenía nada menos que del padre de hombres y dioses.

Antes de que emitiera sentencia alguna, cada contrincante se le acercó y, en voz baja, intentó convencerlo para que tomara una decisión en su favor.

—Si me declaras vencedora —le ofreció Atenea—, haré que salgas victorioso en todas las batallas en las que participes; serás el hombre más bello de todos los tiempos y el más sabio.

—Obsérvame bien —le dijo Hera—. Tienes que admitir que soy yo el ser más hermoso del universo. Además, si me declaras ganadora te haré emperador del Asia entera y te daré la riqueza más grande de todo el mundo.

—¡Pero por los dioses! —exclamó Afrodita cuando le llegó el turno—. ¡Cómo es posible que un hombre tan apuesto y tan justo como lo eres tú pierda su tiempo aquí en el campo, en medio de los animales! Tú podrías ser amado por la mujer más hermosa de entre todas las que han existido y las que existirán en este mundo… Si me declaras vencedora, la reina Helena, esa mujer de la que te he hablado, caerá irremediablemente enamorada de ti. Sólo yo, sólo yo entre todos los dioses puedo concederte ese deseo.

Paris no lo pensó mucho; dejándose sobornar declaró que Afrodita era la más bella de las diosas, y a ella entregó finalmente la manzana de oro.

Las diosas vencidas se alejaron furiosas y con la plena decisión de tomar venganza contra aquel joven insolente, así como contra toda su estirpe, mientras Afrodita

se apresuró a enviar como emisario a Cupido hasta la corte de Esparta, donde reinaba el rey Menelao, junto con su joven esposa Helena.

Helena y Paris se conocieron gracias a Afrodita, y se enamoraron perdídamente. Ella abandonó a su esposo para irse a vivir a Troya, lo que encolerizó no solamente a Menelao sino a una gran cantidad de reyes griegos, que juntos iniciaron la guerra contra la ciudad.

Las palabras de Hermes resultaron ser muy ciertas, ya que por aquella decisión tomada por Paris llegó a desatarse la famosa guerra de Troya, en la que murieron muchos hombres y con la cual Grecia entera expandió su civilización.

De la misma manera, resultó cierta la interpretación que hizo el adivino del sueño de Hécabe, la madre de Paris, pues esa famosa guerra redujo a cenizas toda la grandeza y todo el poder de la ciudad de Troya.

LA VOZ DE QUIRÓN

Tomar una decisión parece a veces cosa muy fácil, pero las consecuencias que ésta acarrea pueden llegar a tener una importancia decisiva. Conviene por lo tanto pensar bien, muy bien, antes de tomar una decisión; no debemos dejarnos engañar por las apariencias.

Titono

Príamo, rey de Troya, tenía varios hermanos, el mayor se llamaba Titono. Aún este joven príncipe no había llegado a la madurez cuando Eos, la aurora, lo vio y quedó enamorada.

Sin esperar a trabar plática con él o algún otro tipo de formalidad, la diosa raptó al joven y lo hizo su esposo.

De esta unión, que fue feliz y armoniosa, nacieron dos hijos, y nada se hubiera interpuesto a la felicidad de la pareja si no se le hubiera ocurrido a ella ofrecer un regalo a su esposo, o si éste hubiera pedido algo diferente a lo que pidió.

Eos, amorosa, ofreció a Titono el cumplimiento de un deseo, el que fuera, pues Zeus había prometido cumplirlo.

—Quiero ser inmortal —dijo Titono—. Quiero ser inmortal como tú, Eos, y vivir siempre feliz a tu lado.

La Aurora se sintió muy halagada al escuchar las palabras de su marido, e hizo formalmente la petición al padre de los dioses; éste aceptó y con un leve movimiento afirmativo de la cabeza concedió el beneficio.

Pero Titono y Eos olvidaron pedir, junto con la inmortalidad, la eterna juventud, de manera que el joven fue envejeciendo y envejeciendo pero nunca encontró la muerte; y cada vez se hizo más y más viejo, hasta que el amor de Eos se desvaneció para convertirse en conmiseración.

Conforme envejecía, Titono se fue encorvando más y más; su piel se fue arrugando y llenándose de manchas, al tiempo que su talla disminuía.

Finalmente, cuando ya Titono estaba verdaderamente irreconocible, Eos tomó la decisión de cambiarlo de forma para evitarle sufrimientos. Lo convirtió en cigarra, en la primera cigarra que existiera en este mundo.

Tal fue el origen, para la mitología griega, de esos insectos que, pequeñitos y como resecos por la vejez, pueblan con su canto ronco y monótono las noches de los humanos.

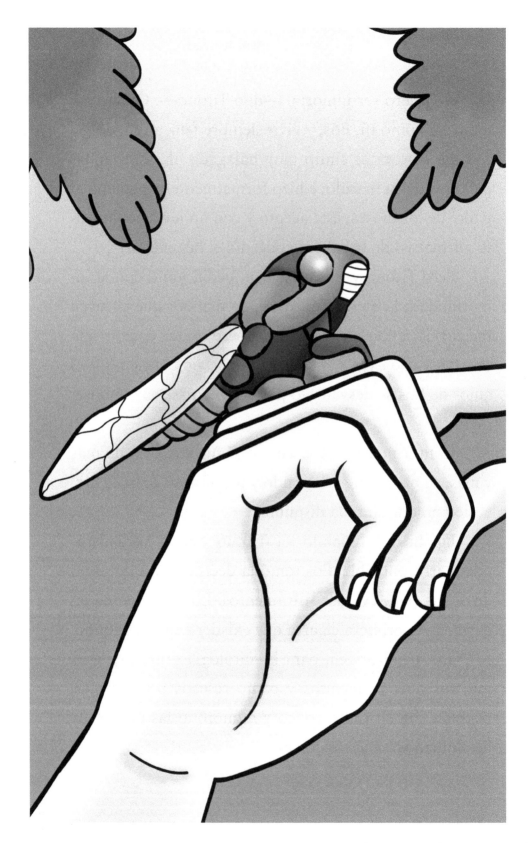

LA VOZ DE QUIRÓN

Cuando se busca un beneficio debe pensarse en todo lo que él puede implicar, pues puede ser que sus efectos resulten precisamente contrarios a lo que buscamos…

Heracles y el centauro Neso

Ningún enemigo vivo podrá, nunca, matar a Heracles, pero un enemigo muerto será su fin. Ésta era la profecía que Zeus, envuelto en luces y con voz atronadora, había emitido acerca de la vida de su hijo Heracles. Ésta era la profecía que pendía sobre la cabeza del joven héroe y que algún día inevitablemente habría de cumplirse, pues se trataba de la palabra del mismísimo padre de los dioses...

Mil lenguas de agua brava corrían locas por el cauce del río Eveno; unas sobre otras, unas contra otras en una danza de destrucción. En la ribera, Heracles y su

bella esposa Deyanira buscaban la manera de cruzar el caudal, que rugía y bramaba babeando espuma y lanzando al viento su denso y frío resoplido en forma de brisa.

No hubiera sido problema para Heracles cruzar a nado, incluso podría cargar fácilmente a Deyanira en la espalda, pero además había que transportar algunos bultos que llevaban consigo, de manera que el héroe debería hacer por lo menos dos viajes.

En esto estaban, cuando se les acercó un centauro y les ofreció ayuda:

—Si ustedes quieren —dijo Neso, que así se llamaba el centauro—, puedo atravesar el río con sus bultos en mi lomo. Ese es mi trabajo, ayudar a los viajeros a cruzar este río. O mejor, si lo prefieren, puedo llevar a esta linda joven.

—Deyanira —dijo Heracles—. Se llama Deyanira y es mi esposa.

—Bien —rectificó el centauro—, puedo llevar a Deyanira cómodamente en mi lomo, mientras tú transportas en tu espalda tus pertenencias.

Heracles desconfió al principio, pero sus recelos pronto se borraron ante las razones de Deyanira:

—Es buena idea —dijo la joven—. Así yo me mojaré menos y tú no tendrás que cruzar el río dos veces. Se

ve que es una persona... ¡bueno!, un centauro bieninten-
cionado. Ya no es tan joven. Si fuera humano sería todo
un señor, un caballero formal.

Heracles aceptó, aunque pidió al centauro que se
lanzara primero al agua, y él iría detrás, no fuera a ser
que al centauro se le ocurriera tender alguna trampa.

Deyanira montó en el lomo del centauro y Heracles
amarró a su espalda los bultos que traía. Neso se metió
en la corriente enfurecida del río y comenzó a avanzar
lentamente hacia la otra orilla.

Cuando Heracles vio que ya habían avanzado, se
lanzó al agua; la carga mojada aumentó su peso, lo que
lo obligó a realizar, un doble esfuerzo. Se encontraba ya
a medio camino cuando escuchó los gritos de Deyanira,
pidiendo auxilio.

Aceleró el ritmo de las brazadas y cuando llegó a
la orilla opuesta pudo ver que Neso galopaba esforza-
damente, ya lejos, mientras mantenía bien abrazada a
Deyanira, para impedirle escapar.

Tan pronto como pudo, Heracles sacó de entre los
bultos que cargaba en la espalda su arco y una sola flecha.
Apuntó sin darse mucho tiempo, tensó el arco y soltó la
cuerda. La flecha fue a atravesar el cuello del centauro.

Éste cayó estrepitosamente, lanzando a Deyanira al suelo.

Mientras Heracles llegaba para auxiliar a su esposa, Neso se apresuró a decir a la joven:

—¡Ven!, ¡Ven Deyanira! —hablaba con dificultad, pues la vida ya se le estaba acabando—. Eres una mujer hermosa, muy hermosa, Deyanira, tanto que, como puedes ver, por ti estoy muriendo. Tú no mereces que te traten mal...

La joven sentía repulsión por el centauro, pero sus palabras le provocaron compasión.

—Mira —continuó Neso—, toma esta pequeña botella que traigo colgada al cuello y llénala con mi sangre. Si algún día sientes que Heracles te trata mal, que te engaña con alguna otra mujer, busca la manera de untársela en todo el cuerpo y con eso recuperarás su amor. Pero ten cuidado que ni una sola gota te vaya a tocar, porque el hechizo perdería su poder.

Deyanira se apresuró a seguir las instrucciones del centauro, pues aunque amaba profundamente a Heracles, bien conocía la fama que él tenía de enamoradizo. Acercó la boca de la botella a la herida provocada por la flecha, que todavía estaba clavada, y la llenó con la sangre borbotante; la tapó y la escondió entre sus ropas.

Llegó Heracles y, sin escuchar las súplicas que en forma de susurro profería el moribundo Neso, lo mató de un tremendo masazo en la cabeza. Abrazó a Deyanira y continuaron su camino, sin voltear la mirada atrás.

Años después, se dio el caso de que Deyanira sintiera celos. Aprovechó que su esposo iba a hacer un viaje; sin que él lo notara, impregnó una camisa nueva con el regalo de Neso y la empacó junto con otras prendas como equipaje.

—Te he puesto una camisa nueva —dijo a Heracles Deyanira al despedirse—. Úsala en una ocasión especial.

Algunos días después, cuando el héroe vistió la camisa, sintió que ésta le quemaba dolorosísimamente toda la piel. Intentó quitársela, pero le fue imposible, pues se le había pegado fuertemente, tanto que cuando lograba arrancarse un pedazo de ella, se le desprendía con jirones de piel.

El tormento fue largo. En el torbellino del dolor Heracles entendió que era la hora de morir. Entre aullidos de dolor, pidió a sus sirvientes que prepararan una pira funeraria, y cuando ésta estuvo lista y sus llamas se elevaban poderosamente hacia el carro de Helios que en ese momento atravesaba la mitad del cielo, Heracles, venciendo las dificultades que le producía el dolor, y ya

con el cuerpo reducido a una masa pastosa, subió a una tarima desde la que se lanzó al fuego.

A lo largo de su vida, el Héroe había superado diversas pruebas, por lo que al momento de inmolarse, su naturaleza se transformó, de tal manera que no se convirtió, como la mayoría de los mortales, en una especie de sombras ni fue a habitar el Tártaro, donde reina Hades.

Heracles cambió su naturaleza mortal por una divina. Fue a vivir al Olimpo, junto con los demás dioses, como esposo de Hebe, la diosa de la eterna juventud.

Deyanira, por su parte, se horrorizó al saber lo que había provocado con sus inocentes manipulaciones, y comprendió que había sido utilizada por Neso para aniquilar a su querido esposo.

LA VOZ DE QUIRÓN

La respuesta de un enemigo o un contrincante no siempre se da de inmediato, ni siempre de manera abierta.

El Caballo de Troya

La guerra que desató el amor de Helena y Paris entre los griegos y los troyanos duró nada menos que diez años, durante los cuales los primeros asediaron y sitiaron la ciudad de Ilión o Troya, pero no pudieron ni derribar sus portentosas murallas, construidas por Poseidón, ni provocar que el pueblo troyano se rindiera.

Después de todo este tiempo y luego de Ia muerte de Aquiles —el más fuerte y más temible de los jefes griegos—, la victoria aún no se había declarado para ningún bando, y fue entonces cuando el ingenioso Odiseo tuvo la idea de preparar una trampa.

—Nunca podremos vencer por la fuerza —dijo Odiseo a la asamblea de los jefes griegos—, así que debemos utilizar la inteligencia. Engañemos a los troyanos, hagamos que crean que nos hemos dado por vencidos y tomémoslos por sorpresa.

Para esto propuso que se construyera un gran caballo de madera hueco, dentro del cual los cincuenta hombres más valientes pudieran traspasar la muralla y atacar cuando los habitantes de la ciudad menos lo esperaran.

La idea encontró cierta oposición, pero finalmente fue aceptada, pues los recursos de la guerra ya se habían terminado, y por lo visto los dioses no habían decidido aún cuál de los dos bandos sería el vencedor.

Se construyó el caballo fuera de la vista de los troyanos y cuando estuvo terminado se transportó hasta el campamento griego, de tal manera que fuera perfectamente visto desde la ciudad.

El plan fue echado a andar una tarde: sin que los troyanos lo esperaran, los griegos incendiaron su gran campamento, abordaron su flota, que era de miles de barcos, y se echaron a la mar, bajo el mando y la orden de Agamenón.

Al caer la oscuridad, y sin que nadie desde Troya pudiera verlos, los cincuenta soldados más valientes,

bajo el mando de Odiseo, se introdujeron en la panza hueca del caballo, usando una escalera plegable.

Sólo Sinón, primo de Odiseo, quedó en la playa, encargado de mandar la señal a Agamenón para iniciar el ataque. A la mañana siguiente, los troyanos, bajo el mando de su rey Príamo, llegaron hasta donde estaba el gran caballo y lo examinaron detenidamente y con sorpresa, por sus dimensiones. En la base del mismo había una leyenda que decía: "En agradecida anticipación del regreso a salvo a sus hogares, los griegos dedican esta ofrenda a Atenea, la diosa de la guerra justa, las artes y la razón".

—No puede ser —dijo Príamo— que esta ofrenda a Atenea se quede aquí, indefensa al ataque de cualquiera. Debemos introducirla a la ciudad, como signo de la victoria ante nuestros enemigos.

Usando grandes rodillos de madera, de árboles de la región, el caballo fue arrastrado por los troyanos hasta las puertas de la ciudad, pero era más grande que ellas, de modo que los soldados tuvieron que derribar una parte de las murallas para lograr introducirlo.

Ya dentro, y después de que la muralla fue reconstruida, fue llevado hasta la plaza central, donde se desató una gran discusión entre los nobles, pues buena parte de ellos se oponía a dejar allí la ofrenda.

—¡Quemen esa horrible ofrenda! —gritó Casandra, hermana de Príamo, que tenía el don de la adivinación—. ¡Es una trampa de Odiseo! En su interior encierra a los más peligrosos de nuestros enemigos.

Pero nadie hizo caso a sus palabras, pues así lo disponía la maldición divina de Apolo, quien, se enamoró de ella y le ofreció el don de la profecía a cambio de ser correspondido. La joven accedió, pero después de que Apolo cumplió con su parte del acuerdo, ella se negó a cumplir con la suya, por lo que el dios le escupió en la boca, dejándole el don profético, pero negándole la capacidad de convencer a la gente de sus profecías.

—¡Deshág, de esa figura, necios! —gritó también el sacerdote Laocoonte, al tiempo que arrojaba su lanza al vientre del caballo, donde se clavó.

Dentro del caballo, los valientes soldados eran presa del miedo. La punta de la lanza de Laocoonte asomó a poca distancia de la cabeza de uno de ellos, pero Odiseo pudo mantenerlos calmados, a pesar de todo.

En eso, un grupo de soldados condujo a Sinón ante la presencia de Príamo.

—Encontramos a este desertor merodeando por las murallas de la ciudad.

Sinón, el primo de Odiseo, se arrojó a los pies del rey y dijo:

—Acógeme en tu ciudad, Príamo. He escapado de manos de los griegos porque querían sacrificarme. Mi enemigo Odiseo convenció a nuestros sacerdotes de hacerlo, pero gracias a los dioses pude aprovechar un descuido y llegar hasta aquí.

—Tú puedes decirnos —dijo Príamo— qué fin persiguió tu gente al construir este caballo. ¡Hazlo!

—Sí, señor, claro que sí. Lo que ellos deseaban era calmar a la diosa Atenea, pues fue ella, según los sacerdotes, quien les impidió la victoria…

—¿Sí? —interrumpió el rey troyano—, y ¿por qué lo hicieron tan grande?

—Para impedir que ustedes lo introdujeran a la ciudad, pues de hacerlo así se volverían invulnerables eternamente, según lo dijo el oráculo.

Príamo cayó en la trampa y, sonriente, volteó a mirar a Laocoonte, quien afirmó:

—¡Miente, este perro miente!, y lo comprobaré. Invocaré a Poseidón y él destruirá el caballo.

Con paso firme salió de la ciudad rumbo al mar, seguido por mucha gente, pero antes de que llegara a la playa, dos enormes serpientes emergieron de entre las olas y capturaron a los dos hijos mellizos del sacerdote; como éste quiso intervenir, también lo atraparon y terminaron por matar a los tres.

Esto terminó de convencer a la ciudad entera de que era benéfica la presencia del caballo en la ciudad, de tal manera que se preparó una gran fiesta, y durante buena parte de la noche toda Troya celebró su victoria, despreocupadamente.

Ya en la madrugada, cuando todos dormían exhaustos, Sinón salió de la ciudad y encendió un fuego, como señal a la flota griega.

Entró de nuevo a la ciudad, avisó a los soldados y en un momento éstos salieron del interior del caballo, para comenzar el ataque final, con el que Troya fue vencida y los griegos alcanzaron una de las victorias más famosas de la historia.

LA VOZ DE QUIRÓN

No siempre un regalo es signo de amistad.
No siempre la victoria se consigue por la
fuerza física: hay que usar la cabeza.

Faetonte

Helios, el Sol, tuvo un hijo con la oceánide Climene, que recibió el nombre de Faetonte. Helios nunca lo conoció, aun cuando desde las alturas del cielo le era posible verlo todo, pues Climene hizo lo posible para esconderlo de su mirada, así como para evitar que el niño se enterara de la identidad de su padre.

Pero Faetonte creció, y cuando era todavía muy joven preguntó por su origen a Climene.

Tanta fue la insistencia del joven que finalmente la oceánide accedió:

—Tú eres mortal, hijo, pero eres muy diferente a la mayoría de los mortales. Tu padre no es un hombre, Faetonte; tu padre es un dios. Tu padre es Helios, el Sol.

Faetonte se sintió orgulloso al escuchar aquellas palabras, pero también humillado, pues Helios nunca se había presentado para conocerlo.

—Pero si mi padre no ha venido a verme —dijo a Climene—, yo iré a conocerlo, y haré que me reconozca, que me reconozca ante los hombres y ante los dioses.

Con esta determinación, Faetonte partió en camino hacia el oriente, donde se encuentra el palacio de Helios, desde el que, mañana tras mañana, parte al mando de su carro de fuego, tirado por cuatro briosos caballos celestes.

El joven tuvo que pasar muchos trabajos y penalidades durante el viaje, pero finalmente, una noche, llegó al final de su azaroso camino.

—¡Guardias! ¡Abran las puertas! —ordenó Faetonte a voz en cuello.

—¿Quién grita? —preguntaron los guardias, desde el interior.

—¡Soy Faetonte, hijo de Helios, y vengo a ver a mi padre!

Las puertas del palacio, hecho de oro puro, se abrieron lenta y pesadamente, y Faetonte entró sólo hasta que éstas se abrieron por completo.

Cuando el joven llegó al salón principal, ya Helios, que había sido despertado por los gritos, lo esperaba, algo molesto, pero muy intrigado.

—Helios —dijo Faetonte—, padre, vengo a reclamar mis derechos como tu heredero; vengo a que reconozcas tu paternidad sobre mí.

—¡Pero qué crecido estás, Faetonte! —exclamó el dios—, y qué bello eres. En verdad pareces mi hijo, sólo que tú eres mortal.

—Soy tu hijo, Helios. Mi sangre tiene una parte divina.

—Así es, Faetonte, y me da gusto ver que has tenido el coraje de venir hasta mi palacio para verme. Bien, muy bien.

—Nunca hiciste nada por conocerme, padre, y eso es humillante.

—Pero te amo, hijo. He pensado mucho en ti y en el futuro que he de procurarte.

—Pero a mí no me interesa mi futuro, padre. A mí sólo me interesa este momento y que, si es verdad que me amas, me lo demuestres ahora.

—Pero, hijo, no te precipites. Ya estás aquí. Ahora comienza una nueva vida para ti y para mí; para ambos.

—Espero que así sea, padre. Espero reinar contigo, sobre el cielo.

Al escuchar esto, Helios se sorprendió y una sombra de preocupación le cubrió el semblante.

—¿Qué quieres decir, hijo?

—Padre, vengo a que me reconozcas ahora mismo; quiero que dioses y mortales se enteren de que tienes un hijo. Quiero conducir tu carro, quiero que todo el mundo me vea al mando de tus corceles recorriendo el cielo.

—¡Pero eso es imposible! —dijo Helios en tono terminante—. ¡Eso es imposible!

—Pero es lo que deseo, Helios. Es la única manera en la que puedes mostrar el amor que dices tenerme y la única manera como puedes reparar la ofensa que nos has hecho a mi madre y a mí al no reconocerme…

Todavía duró algo de tiempo la discusión, pero Helios no pudo hacer cambiar de opinión a su hijo. Por fin, ya cuando Eos, la Aurora, comenzaba a tender su manto por el horizonte, el dios accedió, aunque sin estar plenamente convencido… Preparó a Faetonte, untándole en todo el cuerpo un ungüento mágico para evitar que su frágil cuerpo humano se calcinara al calor del carro.

Lo vistió con su propia armadura de oro y trató finalmente de disuadirlo, pero la determinación del joven era férrea.

—Ten mucho cuidado, hijo —recomendó preocupado Helios cuando Faetonte subía al carro—. Toma fuerte las riendas y no permitas que los caballos pierdan el rumbo, pues son muy briosos. No tengas miedo, hijo, no tengas miedo.

La hora llegó, y las puertas del palacio se abrieron para permitir el paso de Faetonte, el hijo del Sol.

Desde el primer tirón, la determinación de Faetonte comenzó a flaquear, pues en verdad la fuerza de los animales era grandísima, tanto que sólo un dios podía gobernarla.

La subida por el oriente era muy empinada, casi vertical, y no obstante, la fuerza con la que los corceles tiraban del carro no aminoraba, sino que fue incrementándose.

Faetonte sintió vértigo, y rápidamente sus brazos se cansaron por el esfuerzo, lo que le hizo comenzar a perder el control.

Pero lo peor vino cuando el carruaje alcanzó las alturas del mediodía, pues tan sólo de ver el panorama que mostraban la tierra y los cielos desde allí provocó que el

valor del joven se derrumbara por completo. El aire le faltaba para respirar, y las criaturas colosales que conforman el cinturón del Zodiaco lo atacaron sin piedad: el escorpión y el toro, el león y la cabra…

Por fin, el inexperto auriga se rindió, y soltó las riendas, lo que provocó que los poderosos caballos tiraran con toda su fuerza en direcciones distintas, e hizo que el incandescente carro se acercara demasiado a la tierra, arrasando bosques y evaporando lagunas y ríos. Se dice que la raza de los etiopes era de piel blanca y, en esta ocasión —por efecto del tremendo calor del carro del sol, que entonces pasó muy cerca de su país— se les volvió negra.

Luego, los caballos remontaron y subieron demasiado. Estuvieron a punto de calcinar la bóveda del cielo.

Al ver el caos provocado por Faetonte, quien para esto permanecía aterrado, tratando de no caer del coche, Zeus, sin escuchar las súplicas de Helios, que pedía por la vida de su hijo, envió un rayo, con el que hizo que el carro se detuviera, al tiempo que Faetonte se precipitaba ya sin vida hacia la Tierra.

Fue así como terminó la insolente pretensión de Faetonte, quien por ser hijo de un dios él mismo se creyó un dios.

LA VOZ DE QUIRÓN

Es importante tener bien claros los límites de nuestras fuerzas, y no pretender hacer mucho más de aquello de lo que somos realmente capaces.

El talón de Aquiles

Aquella fiesta en la que de pronto apareció Éride, la Discordia, y lanzó una manzana ante las tres más hermosas diosas del Olimpo. Pues en esa ocasión se celebraba la boda de Peleo, rey de Ptía, con la nereida Tetis. Inicialmente Zeus y Poseidón se habían interesado en ella como esposa, pero Prometeo profetizó que un hijo de Tetis sería más grande que su padre. Como ninguno de ambos dioses quería ser superado y lanzado de su trono por un hijo suyo —como ya había sucedido con Urano y Cronos— mejor decidieron que la nereida se casara con un mortal.

Aquiles, el poderoso héroe sin cuya intervención la historia de la guerra de Troya (precisamente se desató por la famosa manzana de la discordia, pues para ganarla, Afrodita sobornó a Paris prometiéndole el amor de Helena) habría sido muy diferente, nació de este matrimonio. Como Tetis era una criatura inmortal deseaba que sus hijos también lo fueran, de manera que cada vez que nacía uno, ella realizaba diferentes ritos para otorgar al niño ese don.

Invariablemente el pequeño moría, pues su frágil naturaleza humana no era capaz de soportar las amorosas manipulaciones mágicas de su madre, que incluían un "baño de fuego".

De esta manera habían nacido y muerto tempranamente seis hijos del matrimonio; el séptimo fue Aquiles, y también él fue preparado por Tetis para la inmortalidad, al igual que los anteriores. El paso previo al baño de fuego consistía en sumergir al pequeño en un recodo de la laguna de Estigia, una de las principales lagunas infernales. Éstigia era una antigua diosa, que peleó al lado de los olímpicos. Para recompensar sus servicios, Zeus la transformó en una laguna que se asentó a un lado del reino de Hades.

Cualquier persona que se sumergiera en sus aguas mágicamente adquiría inmunidad contra cualquier arma. Pero Tetis, al sumergir al niño, no reparó en que la mano

con la que sujetaba al pequeño del tobillo había impedido que esta parte fuera tocada por el agua mágica, de manera que de todo el cuerpo, esa parte, o sea uno de los talones, sería vulnerable al ataque de cualquier arma. La nereida no pudo completar los ritos necesarios para dar a su hijo la inmortalidad, pues Peleo, su esposo, se lo impidió.

—No matarás a este niño como lo has hecho con los otros —dijo, y se lo arrebató de las manos.

Peleo confió la educación del pequeño al sabio centauro Quirón, quien le enseñó las artes y los oficios necesarios para convertirlo en todo un rey, y de hecho logró convertirlo en uno de los reyes más poderosos que haya tenido cualquier pueblo.

Aquiles creció y se convirtió en rey de Ptía, título con el que al frente de sus tropas navegó hasta Troya, donde luchó valiente y ferozmente.

Paris tenía un hermano llamado Héctor, quien era él más valeroso jefe de los troyanos. Aquiles lo mató; en venganza, el propio Paris logró alcanzar al héroe con una flecha que lanzó desde un punto muy seguro detrás de las murallas de su ciudad. Apolo guió el proyectil precisamente al punto que el calzado del héroe había descubierto: el talón.

Aquiles cayó inmediatamente y murió en medio de grandes dolores; sus compañeros rescataron de entre la trifulca el cadáver y le rindieron honores fúnebres.

Tetis se presentó, en compañía de sus nereidas, y rescató el cuerpo de su hijo al que logró darle no la forma de inmortalidad que ella hubiera deseado, pero sí algo parecido a la existencia de un fantasma o a la de un dios menor. La nereida llevó el cuerpo de su hijo hasta la Isla Blanca, que se encuentra frente a la desembocadura del río Danubio, y se cuenta que ahí esta sombra o esta presencia de Aquiles todavía pelea, y por las noches se puede escuchar desde gran distancia su rugido de combate, junto al galope de los caballos y el metálico chocar de las armas.

LA VOZ DE QUIRÓN

Hasta aquello que parece más fuerte tiene siempre una parte débil, la cual nunca debe dejarse de tomar en cuenta.

Edipo y la Esfinge

Cuál es el animal (y responde rápido, que ya tengo hambre) que por la mañana camina con cuatro patas, a mediodía sólo usa dos y al atardecer, tres?

La mirada de la Esfinge se había clavado sorpresivamente en la del distraído caminante solitario.

Sus ojos eran bellos, bellísimos, al igual que su rostro de mujer, pero tenían algo extraño: el color del iris era más bien violeta, como el velo de Eos; es decir, la Madrugada, quien al finalizar cada noche, con sus "dedos rosados" abre la puerta para que el carruaje ardiente de Helios, tirado por cuatro briosos corceles, ascienda

desde el oriente. y las pupilas profundamente negras cual abismos, y verticales, como las de los gatos.

—¡Vamos, caminante!, responde rápido —insistía ronroneando el monstruo, cuyo cuerpo tenía la forma y el tamaño de un salvaje león.

El caminante, sorprendido, no atinaba a reaccionar, volteaba en todas direcciones para encontrar una ruta de escape, pero nunca podía encontrarla, porque la Esfinge lo había acorralado.

—No sé —respondía nerviosamente el caminante—. ¿Para qué quieres saberlo?... ¡Déjame seguir mi camino!...

—No te precipites —continuaba ronroneando la Esfinge, mientras circundaba a su víctima, meneando suavemente la cola, como un gato que acecha a su presa—. Tienes que adivinar, pues si no lo haces te devoraré...

En ningún momento la mirada del monstruo se había separado de la de su víctima, quien para entonces ya había comenzado a sudar.

—¡Déjame ir! —ordenaba—. ¡Déjame ir!... —suplicaba—. ¡Déjame ir!... —gemía.

—¿No encuentras la respuesta? —fingía cínica y dulcemente la Esfinge—. ¡Pero si es muy sencilla!... ¡Te la voy a decir!...

El caminante sentía aliviada de pronto su angustia.

—¡Oh!, no... Mejor no...

El caminante se aterrorizaba aún más.

—Mejor te voy a hacer otra pregunta más fácil... Dime: ¿Quiénes son estas dos hermanas? Una devora a la otra y luego le da la vida, después ésta devora a la primera para luego darle de nuevo la vida, y así una y otra vez...

El caminante nunca podía hallar la respuesta...

De esta manera, la Esfinge devoraba a los viajeros solitarios que cruzaban por las cercanías de la ciudad de Tebas. La reina Yocasta, que hacía poco había enviudado, pronto se enteró del peligro que aterrorizaba a sus súbditos y les impedía llevar una vida normal; y para terminar con él, ofreció el trono del reino al héroe que lograra matar al monstruo.

—¡El hombre que nos libere de este peligro —había dicho— se casará conmigo y reinará sobre los tebanos!

Muchos fueron quienes lo intentaron, pero nadie pudo lograrlo, pues ninguno encontró la respuesta a los acertijos. Hasta que en cierta ocasión un joven cruzó por aquel camino y se vio acorralado por la hermosa y enigmática criatura. La Esfinge miró directamente a los ojos de Edipo, que así se llamaba el joven, tuvo una sensación extraña, una mezcla de piedad y miedo, algo contradictorio, muy parecido a lo que se siente en el momento en que uno de los dardos de oro de Cupido alcanza el corazón.

—Espera un momento, bello viajero —dijo el monstruo—, que tengo una pregunta que hacerte.

Edipo venía de Delfos, donde había consultado al oráculo (le gustaba mucho hablar con acertijos, de manera que aquella persona que lo consultaba, debía poner mucha atención y mucha imaginación para comprender el mensaje) más importante de toda Grecia; éste le había ordenado vagar por el mundo, en cuyos caminos encontraría su destino, que lo llevaría al trono de una ciudad y lo haría muy famoso y recordado por todas las generaciones venideras.

—Dime, dime viajero, ¿cuál es el animal que por la mañana camina con cuatro patas, a mediodía sólo usa dos y al atardecer tres?

Edipo quedó atónito, no sólo por la pregunta, sino también por la repentina aparición de aquella criatura, que incluso y cuando evidentemente era feroz, le había parecido particularmente hermosa.

El joven quedó sorprendido, pero no perdió la serenidad. La Esfinge entonces comenzó a ondular la cola.

—¡Vamos! —dijo—. Respóndeme o te devoraré como lo he hecho con muchos

—¿Me vas a devorar? Pero… pero ¿por qué?

—Responde a mi acertijo y deja de hacer preguntas, que soy la famosa Esfinge de Tebas y estoy aquí por la voluntad divina de Hera, esposa de Zeus, y contra quien Layo, Rey de Tebas, ha cometido graves faltas.

Extrañamente la criatura sintió un poco de pena por hablar en aquel tono al hermoso joven, pero hizo todo lo posible por disimularlo. Por su parte, Edipo sintió miedo, pero también lo disimuló.

—No puedes ser así, Esfinge; no puedes ser tan cruel, tú, que eres tan bella… Dame una oportunidad para pensarlo —con esta propuesta, Edipo trataba de ganar tiempo…

—Bien —dijo la Esfinge—, te daré otra oportunidad. Responde: ¿Quiénes son estas dos hermanas? Una devora a la otra y luego le da la vida, después ésta devora a la primera para luego darle de nuevo la vida, y así una y otra vez…

Edipo comprendió que no podría engañar a la Esfinge, ni, evidentemente, vencerla por la fuerza, o escapar corriendo, así que se puso a pensar, sin permitir que el miedo paralizara su mente.

Al cabo de un rato; cuando la Esfinge estaba a punto de declarar aunque un poco en contra de sus deseos una victoria más, Edipo de pronto sonrió y sin más dijo:

—Ya lo tengo.

—¿Qué? —preguntó la Esfinge, irónicamente—. ¿Ya lo tienes? ¿Ya tienes qué?

—La respuesta —dijo Edipo sin ningún tipo de vacilaciones.

—¡Ah! —fingió sorprenderse la Esfinge—. ¡La respuesta! ¡Ya tienes la respuesta! ¡Bien... muy bien! Pues dímela.

—Es muy sencillo —replicó con toda tranquilidad Edipo, a quien había llegado la respuesta no por razonamiento, sino en una ráfaga, como si el mismo oráculo se la hubiera susurrado al oído—. Se trata del ser humano.

La Esfinge cambió dramáticamente de semblante cuando escuchó estas palabras. Edipo lo notó, lo cual aumentó su seguridad.

—Sí —continuó el joven—. El ser humano: porque durante la "mañana", al comenzar su vida, anda a gatas, es decir en cuatro patas; cuando es adulto, a "mediodía", camina erguido y sobre sus dos piernas; mientras al "atardecer", durante la vejez, utiliza bastón, anda en tres patas.

La Esfinge no daba crédito a lo que estaba escuchando.

—¡No! —reclamó—. ¡No! ¡Estás haciendo trampa! ¡Alguien te dio la respuesta! ¡No puede ser! ¡No!

—Y también —continuó Edipo— sé la respuesta a tu segundo acertijo…

Pero la Esfinge seguía enojadísima, sin querer aceptar que había sido vencida.

—La respuesta al segundo acertijo es la mañana y la noche, ¿no es así?

Esto enardeció aún más al monstruo. Edipo continuó:

—La mañana es hermana de la noche. Cuando llega una es como si devorara a la otra, y cuando se va es como si fuera devorada por la primera; pero también cuando una termina es como si le diera la vida a la otra… Ahí está, ahí está la respuesta a tus preguntas…

A estas alturas la Esfinge ya había enloquecido de pura rabia. Rugía espantosamente y lanzaba maldiciones y groserías al aire. Echó a correr sin rumbo fijo, azotando la cabeza contra todo lo que encontraba en su camino.

Al final, trepó hasta la cumbre de una montaña y desde ahí se lanzó al vacío, pues no soportó que un humano la venciera. La mayoría de los habitantes de Tebas fue testigo de esto último, y cuando el joven Edipo llegó a la ciudad ya todos, encabezados por la reina Yocasta, lo esperaban como a un héroe, para hacerlo rey de la ciudad. Fue así como se cumplió el designio del Oráculo y el joven Edipo encontró su destino, aunque todavía le quedaban algunas aventuras por pasar...

LA VOZ DE QUIRÓN

A veces, como en el caso del doble acertijo de la Esfinge, la respuesta a las preguntas que parecen más difíciles de contestar tiene que ver con nosotros mismos y con nuestra vida de todos los días. El monstruo le preguntaba a los caminantes acerca del ser humano, de lo que es el ser humano, y del tiempo en el que vive: la mañana y la noche. Deberíamos tener serenidad, como en este caso la tuvo Edipo, para responder a las preguntas que diariamente nos plantean las mil Esfinges que nos rodean.

Odiseo y las sirenas

Cuando la guerra de Troya terminó, y luego de que los ejércitos saquearon e incendiaron la ciudad hasta reducirla a cenizas, los reyes griegos, seguidos por sus ejércitos, iniciaron el camino de regreso a sus respectivos reinos.

Odiseo, el ingenioso guerrero, partió también, seguido por su ejército, y en el camino, que duró nada menos que diez años, lo mismo que el sitio de Troya, pasó por grandes e increíbles aventuras, que conforman el tema central de la Odisea, el famoso poema homérico. De entre tantas aventuras tomaremos sólo una, la que pasó con las sirenas.

A diferencia de lo que la costumbre ha dado en señalar, las sirenas no eran criaturas con la mitad superior del cuerpo de forma humana, mientras la inferior era de pez, sino que la mayor parte de su cuerpo era de ave, aunque sin plumas, mientras el rostro era humano.

Entre los marinos estos monstruos tenían una fama terrible, pues habían ya devorado a muchos de ellos, tantos, que con sus osamentas se había formado ya un risco en una de las orillas de la isla que ellas habitaban.

Se decía que los cantos de las sirenas eran irresistiblemente bellos, y que cuando un marino los escuchaba, irremediablemente cambiaba el rumbo de su nave en dirección a ellas.

Cuando se acercaba lo suficiente, el barco encallaba y el marinero iba a dar al mar de donde las tres sirenas —Pisíone, Agláope y Telxiepia— lo rescataban, solamente para devorarlo ahí mismo.

La hechicera Circe, amiga de Odiseo indicó a éste el camino a seguir para llegar pronto a Ítaca, su patria, pero le advirtió que pasaría cerca de la isla de las sirenas, así que debería tomar todas las precauciones necesarias para que ni sus marinos ni él escucharan el seductor y peligroso canto.

Odiseo, curioso, siguió las indicaciones de Circe, pero con una ligera modificación: tapó perfectamente los oídos de sus marinos con cera e hizo que lo encadenaran al mástil mayor de la nave.

Dio órdenes a sus subalternos enfáticamente para que no lo desencadenaran por más fuertes que fueran sus súplicas o la desesperación y angustia que mostrara.

De esa manera, la nave de Odiseo pasó cerca de la isla de las Sirenas. Cuando éstas la vieron venir, comenzaron a cantar.

Odiseo se sintió atraído y deseó acercarse.

Los marinos, impasibles, continuaron remando sin desviar el rumbo. Las Sirenas, por su parte siguieron cantando, y Odiseo primero se sintió presa del encanto, luego llegó al éxtasis y finalmente a la desesperación, pues quería, por cualquier medio, soltarse de las amarras y lanzarse al mar, para entregarse a las cantantes

Pero las órdenes de Odiseo fueron perfectamente obedecidas y la nave pasó a un lado de la isla de las sirenas sin siquiera bajar la velocidad.

Ante el fracaso, su único fracaso, las Sirenas se sintieron deshonradas, ultrajadas, y creció a tal grado su humillación que sin decir una palabra se lanzaron a las olas del mar, donde murieron ahogadas.

De esta manera, Odiseo se convirtió en el único mortal que escuchó el canto de las sirenas y no pagó por ello con su vida; al igual que su tripulación, fue el único grupo de hombres que vieron la repugnante figura de los monstruos y pudieron después contarlo.

LA VOZ DE QUIRÓN

Una de las mayores virtudes del ser humano es su curiosidad, la necesidad natural que siente por conocer el mundo, por saber cada vez más y más. No es casualidad que Odiseo sea conocido aún hoy como uno de los hombres más inteligentes y prudentes de la historia. Como él hizo, la mejor manera de enfrentarse a lo desconocido es con la mayor cautela y tomando los mayores cuidados, para no terminar siendo víctimas de nuestra curiosidad.

Aracne

A falta de belleza, buena educación u otro tipo de encanto, Aracne se dedicó a cultivar, el arte del tejido. Desde niña aprendió los rudimentos del oficio, y a lo largo de la juventud lo pulió hasta llegar a la cumbre de la perfección.

La fama de Aracne se extendió por toda Grecia, y sus piezas, tapetes, cortinas, manteles y todo tipo de telas, eran sumamente apreciadas en las mejores casas.

Aracne trabajaba día y noche, sin pensar en el descanso o en el cuidado de su cuerpo, lo que hizo que a temprana edad ya pareciera vieja, con la piel arrugada y la cabeza llena de canas.

Tanto era el encanto que producían los frutos del trabajo de Aracne, que llegaban hasta su taller personas de reinos distantes a verla trabajar. Ante ellos, la tejedora hacía gala de su destreza y no vacilaba en afirmar que ésta era mayor a la de cualquier dios, incluso Atenea, que era la diosa protectora de, entre otras artes, el tejido.

La jactancia de Aracne llegó hasta el Olimpo, provocando la curiosidad de Atenea, que quiso conocer a la mortal que tenía la osadía no ya de declararse más capaz que ella, sino simplemente de comparársele.

Atenea bajó a la Tierra en la figura de una viejecilla humilde, y así se presentó en el taller de Aracne. Ésta se encontraba a la mitad del trabajo, platicando con algunos visitantes, que permanecían maravillados ante la facilidad con la que la tejedora entrelazaba hilos de diferentes colores, texturas y grosores, para conformar telas de armonía y consistencia perfectas, hilados y tapices del más delicado diseño.

La viejecilla se acercó y, con voz temblorosa, preguntó:

—¿Es cierto, señora, que usted es capaz de tejer con mayor gracia que Atenea?

Aracne volteó a mirarla con desprecio y torció la boca, en una mueca intermedia entre la burla y el orgullo.

—Por supuesto, vieja, ¿no ves acaso estas telas?... No sólo Atenea, sino que ningún dios puede hacer algo así.

—Debería cuidar sus palabras, señora —advirtió la viejecilla, visiblemente indignada.

—¿Cuidar mis palabras? ¡Por favor! Si es cierto lo que digo, para llegar a la perfección de mis obras se debe tener una total entrega al arte; se necesita constancia y mucho, mucho trabajo.

—Ya lo creo —interrumpió la viejecilla—, pero eso no le permite insultar a los dioses, y, yo creo, mucho menos a la diosa protectora de su oficio.

—No estoy insultando a nadie, vieja. Sólo digo la verdad. Los dioses son unos holgazanes que no hacen nada más que divertirse y saciar sus bajos apetitos. Nunca podrían dedicarse a alguna actividad con la paciencia y el sacrificio que el arte exige.

—Si Atenea concediera —preguntó la anciana—. ¿estaría usted dispuesta a competir con ella?

—No creo que lo hiciera —respondió Aracne, para evitarse la vergüenza de ser vencida.

—¿Aceptaría usted el reto? —insistió la viejecilla.

—¡Qué necedad, vieja! ¡Por supuesto que aceptaría!

—Pues veamos, insolente —urgió la diosa con todo el esplendor de su belleza en forma humana—. Veamos. ¡Tejamos un tapiz!... Y que Zeus tenga piedad de ti.

Toda la gente reunida ahí sintió miedo y aconsejó a Aracne retractarse y pedir perdón, pero ésta no vaciló ni un momento; por el contrario, intentó humillar a la diosa.

—¿Tienes que alardear así para presentarte entre los mortales, Atenea? ¡Veamos si logras el mismo efecto entre esta gente con el telar!

Ambas contrincantes tomaron sus herramientas: un telar de tamaño mediano, algunas agujas y madejas de hilos de diferentes colores y materiales.

El tema elegido para la confección del tapiz fue el mismo: la vida de los dioses, pero cada una de las tejedoras lo abordó de muy diferente manera. Aracne pintó a los inmortales en medio de un festín, ya borrachos y en actitudes que nada tenían que ver con lo divino. Por su parte, Atenea representó la dignidad y la realeza de los olímpicos. A Zeus, con gesto imperial, en su trono en el Olimpo; a la bella Afrodita, emergiendo de entre la espuma del mar; y a Helios atravesando el firmamento al mando de su carro de fuego.

Cuando terminaron, se presentó frente a la concurrencia, que para entonces había crecido, el par de obras, una al lado de la otra, para que se emitiera juicio. Ambas eran hermosas y perfectas.

En verdad era un trabajo difícil el decidir por alguna de las dos creaciones.

Aracne sonreía, satisfecha y segura de que sería declarada vencedora, mientras Atenea permanecía absolutamente seria, pero entonces la diosa sugirió apenas una sonrisa con sus labios, y al momento las figuras de su tapiz comenzaron a moverse y parecieron cobrar vida, representando con mágica naturalidad las escenas en las que habían sido colocadas.

El veredicto fue unánime, y por supuesto favoreció a Atenea.

Aracne montó en cólera, al tiempo que gritaba: ¡esto es trampa! ¡Es trampa!...

Rompió en el suelo uno de sus telares y tomó el hilo que se desprendió de él. Atravesó rápidamente la madeja por una de las vigas del techo y se lo enredó alrededor del cuello, con la intención de ahorcarse. Atenea se lo impidió.

La diosa hizo un delicado pase con la mano frente a la cara de la tejedora y al punto el cuerpo de ésta comen-

zó a transfigurarse. Se empequeñeció y se volvió negro y feo, con cuatro pares de patas en vez de brazos y piernas, un abdomen hinchado y cubierto de vellos y una cara horrible.

De este modo, la tejedora se convirtió en araña, en la primera araña que existió en la tierra, cuyos descendientes hasta hoy cuelgan de sus delicados hilos y pasan la mayor parte de su vida tejiendo y tejiendo, con la misma dedicación y cuidado que la insolente Aracne.

LA VOZ DE QUIRÓN

El arte significa algo más que reglas por aprender, disciplina y entrega; en el arte interviene sobre todo el genio, y éste tiene origen divino; nadie lo puede aprender o forzar… ¡Ah!, y hay que tener mucho cuidado, porque la envidia te puede convertir en araña… ¿No lo crees?

El tormento de Tántalo

Tántalo era un hombre con mucha suerte. No sólo poseía un reino y grandes riquezas; no sólo tenía una bella esposa y un par de hijos magníficos, sino que gozaba de la rarísima distinción de ser admitido, con todo y que era un simple mortal, en algunos banquetes celebrados en el Olimpo.

Al igual que los dioses, Tántalo bebía néctar en dichos festines, y comía ambrosía, alimentos exclusivos de los inmortales y que tenían la virtud de otorgar la inmortalidad. Ningún mortal antes que él había degustado dichos manjares, y muy pocos lo hicieron después.

También, como algo inusual, en dichas reuniones los olímpicos comentaban sus secretos abiertamente, mostrando con ello a Tántalo total confianza, pues, decían, la prudencia del mortal era absoluta y nunca comentaría con nadie nada de lo que ahí escuchara.

Pero en una ocasión la ambición hizo desear a Tántalo sacarle a su fortuna más provecho del que le correspondía.

Sin que ningún dios se diera cuenta, Tántalo robó ambrosía y néctar de la mesa de Zeus. Ya en la Tierra, ofreció un banquete a sus amigos más cercanos, prometiéndoles una experiencia que jamás olvidarían.

Cuando ya todos estaban reunidos, Tántalo llamó su atención y les preguntó:

—¿Saben ustedes acaso de qué hablan los dioses cuando se reúnen como nosotros ahora?

Tántalo buscaba con esto impresionar a sus amigos y que su fama creciera en toda Grecia, como el mortal más querido por los dioses, al que hacían depositario de toda su confianza.

—Pues yo lo diré —continuó, en tono de orgullo, y se puso a relatar detalladamente lo que había visto en el Olimpo.

Los invitados estaban en verdad asombrados. El intento de Tántalo estaba teniendo éxito. Cuando éste consideró que era el momento apropiado, interrumpió su relato para anunciar:

—Y ahora, amigos, voy a ofrecerles algo que jamás siquiera pensaron tener la dicha de probar: Néctar y Ambrosía, el alimento exclusivo de los dioses... Sirvientes: traigan ya los manjares.

Pero antes de que se sirvieran los alimentos la fiesta terminó, pues Zeus hizo aparecer ante su presencia al imprudente mortal e hizo que la ambrosía y el néctar robados se recuperaran.

Tántalo intentó decir algo en su defensa, pero Zeus ya había tomado una decisión:

—Te vas a ir —dijo atronadoramente—, al fondo del Tártaro, de donde nunca saldrás. La raza de los hombres es ingrata y soberbia por naturaleza, pero tú has sobrepasado los límites, por lo que no mereces perdón.

Y desde entonces Tántalo sufre un castigo ejemplar en el reino subterráneo de Hades: con el cuerpo fuertemente amarrado a una estaca, permanece inmóvil, sumergido hasta la barbilla en las aguas mansas y claras de un río, justo debajo de una higuera cuyas ramas se doblan por el peso de los apetitosos frutos.

Tántalo, en esa situación, padece de hambre y sed eternas. Cuando intenta llevar, su boca hasta la superficie del agua, ésta retrocede, y cuando hace un esfuerzo por estirar el cuello para darle una mordida a uno de los higos que penden frente a él, la higuera mueve su rama para alejarlo.

Y así por la eternidad, sin que jamás pueda satisfacer Tántalo sus dolorosos deseos y sin que pueda contar siquiera con la esperanza de alcanzar algún día el perdón de Zeus, o por lo menos de morir, pues el hecho de haber comido ambrosía lo había librado de la muerte...

LA VOZ DE QUIRÓN

Tántalo constituye una de las figuras más patéticas y profundas de la mitología griega. Tal vez sea así porque su ejemplar castigo guarda grandes semejanzas con la condición en la que vive el hombre, sufriendo hambre y sed eternas, mientras ante él, aparentemente a su fácil alcance, se balancea al ansiado alimento y corre, puro y fresco, el líquido vital.

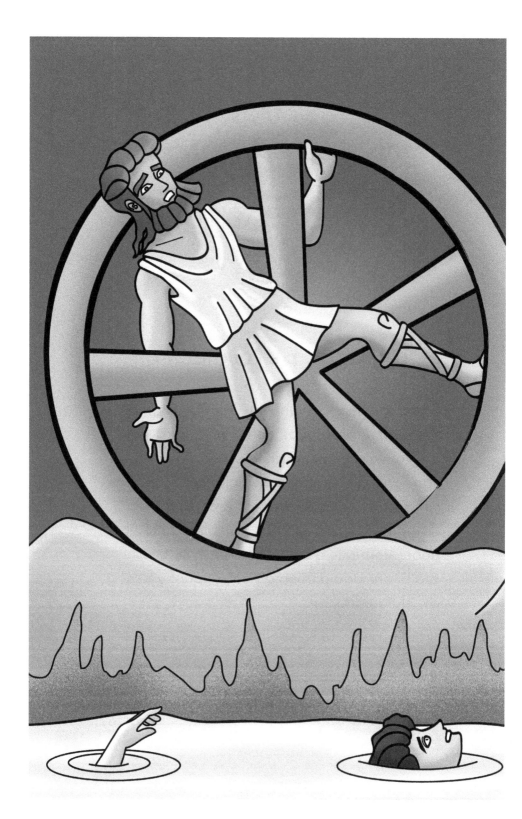

Ixión

Otro castigo ejemplar es el de Ixión, quien era rey de los Lapitas, un pueblo que desciende del Dios Río Peneo y de la ninfa Creusa. Aunque su gente era pacífica, pasaron a la historia por la terrible lucha que en una ocasión libraron victoriosamente contra los Centauros, raza de seres fantásticos, mitad caballo y mitad humano, que por lo general era salvaje y cruel.

Cuando joven, este personaje se enamoró de la princesa Día e hizo todo lo posible para casarse con ella. Deyoneo, padre de Día, consintió en la boda de los jóvenes, siempre y cuando, después de ésta, Ixión cumpliera con una gran cantidad de promesas que le había hecho.

Ixión y Día se casaron y, cuando Deyoneo pidió el cumplimiento de las promesas, Ixión se negó a cumplirlas, y no sólo eso, sino que mató a su suegro, precipitándolo al fondo de un foso en el que ardían las brasas.

Mortales e inmortales se horrorizaron ante el crimen, que fue el primero de esta especie que cometiera hombre alguno.

Como castigo los dioses condenaron a Ixión a la locura. Pero pronto Zeus se apiadó del joven y lo perdonó, retirándole el castigo y dándole de comer ambrosía, con lo que le otorgaba la inmortalidad.

Más adelante, Ixión tuvo la oportunidad de conocer a Hera, la esposa de Zeus, y para su desgracia quedó enamorado de ella, lo que llegó a conocimiento de Zeus, quien decidió poner a prueba la gratitud y la fidelidad del mortal.

Con una nube, formó un doble idéntico a Hera e hizo que se presentara ante Ixión.

El joven enamorado no tuvo reparos en pretender a la imagen de la diosa e incluso en engendrar un hijo con ella. Fue así como nació Centauro, el primero de los seres que llevan el mismo nombre.

Zeus mandó llevar a Ixión ante su presencia y, sin misericordia, dictó sentencia.

—Serás castigado —dijo solemnemente— por la eternidad, para ejemplo de todas las generaciones.

El mismo Zeus ató a Ixión a una rueda eternamente ardiente y lo lanzó al Tártaro, donde gira y gira sin parar.

LA VOZ DE QUIRÓN

La misma benevolencia que tuvo Zeus al otorgar a Ixión la inmortalidad se convirtió en castigo, condenando al martirizado a sufrir eternamente su pena, pues nunca encontraría la muerte.

La muerte
de Quirón

Pirítoo, hijo de Ixión y rey de los Lapitas, celebraba sus bodas con la bella Hipodamia. Al festín invitó no solamente a la nobleza de su ciudad y de otras muchas de toda Grecia, sino también a destacados héroes, como Heracles y Teseo, y a los propios Olímpicos. Se cuidó de no invitar ni a Ares ni a Éride, la Envidia, a su fiesta, pues trataba de evitar riñas, a las que el Dios era tan afecto, así como consecuencias semejantes a las que la presencia de Éride había causado en la boda de Peleo y Tetis.

También entre los invitados figuraba Centauro, el medio hermano de Pirítoo, junto con su raza, que ya para entonces era muy numerosa.

Tantos invitados había en la fiesta que no fue suficiente el palacio real para albergarlos, de manera que los Centauros, de modales rudos y carácter salvaje, fueron acomodados en un amplio jardín, bajo la fresca sombra de los árboles. Como bebida, a los Centauros se les sirvió leche agria, pero cuando uno de ellos tropezó con un tonel que de nuevo Éride, envidiosa, puso en su camino, y pudo oler la fragancia del vino y probar su sabor, no dudó en solicitar que se les cambiase la bebida.

Quirón, que se hallaba entre los Centauros, pero cuya naturaleza era mucho más refinada y humana, al grado que, como ya hemos visto, había corrido a su cargo la educación de muchos notables griegos, al ver que se servía vino en las copas de los Centauros, se opuso.

—¡Los centauros no conocen el vino! —gritó—. El vino es una sustancia muy peligrosa, amigos centauros. No lo prueben... Mejor no lo prueben...

Pero los centauros no hicieron caso de las palabras del viejo sabio y, por lo contrario, bebieron y bebieron hasta emborracharse.

Cuando Hipodamia, la novia, se acercó junto con su corte de damas para saludar a los centauros, Euritión, uno de los más apuestos y fuertes, en el delirio de la borrachera se levantó, tomó a la novia de los cabellos y comenzó a arrastrarla por el suelo, con la intención de raptarla. Los demás centauros siguieron el ejemplo de Euritión y se abalanzaron sobre las mujeres de la fiesta.

Al punto, los hombres invitados repelieron agresivamente la osadía de los Centauros y dio inicio la sangrienta batalla conocida como la lucha entre Lapitas y Centauros.

Quirón, que sentía afecto por los humanos, se puso del lado de éstos, pero accidentalmente fue herido por una de las flechas de Heracles, que había sido su alumno. Los centauros finalmente fueron derrotados, aunque ello costó muchas vidas a los lapitas, y la herida de Quirón no pudo sanar, por más que él aplicara todos sus conocimientos de medicina, porque las flechas de Heracles poseían la virtud de provocar siempre heridas mortales. Quirón era inmortal, así que la herida no podía ni sanar ni causarle la muerte. Con el tiempo la infección creció y creció provocándole terribles dolores, hasta que le hizo desear la muerte, como único medio para encontrar el descanso.

—Yo soy mortal —dijo Prometeo a Quirón, el Titán que había dado el dominio del fuego a los mortales—. Puedo cederte mi derecho a la muerte a cambio de tu inmortalidad.

Quirón aceptó feliz y reconfortado; Zeus aceptó de buena gana el intercambio porque había estado furioso contra Prometeo, pues éste había robado el fuego de los dioses para ponerlo en manos de los mortales, por lo que le infligió un castigo ejemplar. Pero después de que Heracles liberara a Prometeo de su castigo, éste aconsejó a Zeus no tener ningún hijo con la nereida Tetis, pues el niño al crecer sería más grande y más poderoso que su padre. Zeus había seguido el consejo del Titán y había salvado de esa manera su trono, por lo que estaba profundamente agradecido. A ello se debió que aceptara gustosamente el trato de intercambio de la inmortalidad de Quirón por la mortalidad de Prometeo.

LA VOZ DE QUIRÓN

En ciertas ocasiones lo que para la mayoría significa el más grande de los males, como en este caso era la muerte, puede ser el mayor de los beneficios.

Genealogías

I. Los *primeros* seres *del universo*

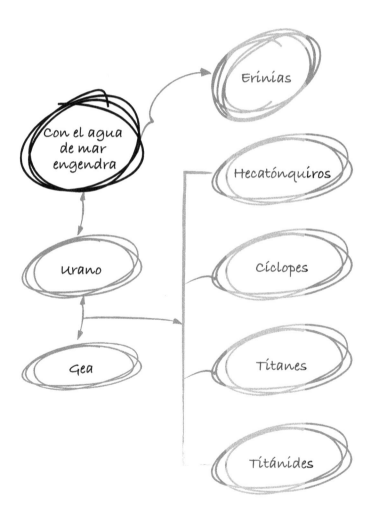

Hecatónquiros

Briarco

Giges

Coto

Cíclopes

Argees

Estéropes

Brontes

Titanes

Océano

Cleo

Hiperión

Crío

Jápeto

Crono

Titánides

Tetis

Rea

Temis

Mnemósine

Febe

Dione

Tía

II. Línea principal
de los dioses olímpicos

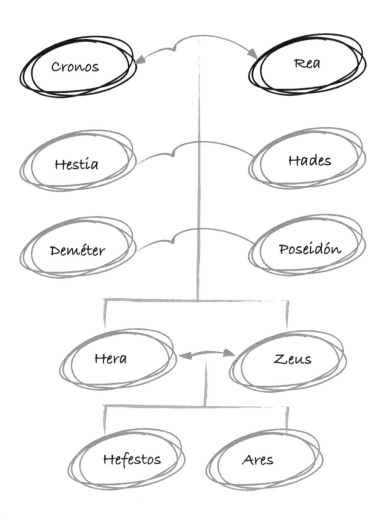

III. Genealogía de prometeo

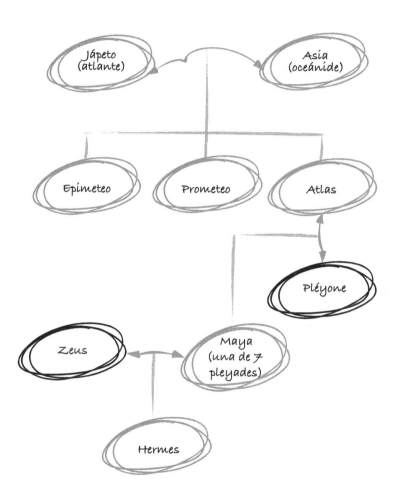

Correspondencia de los nombres griegos con los latinos

La mitología clásica mezcla historias y versiones no sólo del tiempo de los griegos, sino también del de los romanos, de tal manera que resulta importante tener cuando menos una idea de las diferencias y las consonancias que existen entre algunos de los más célebres personajes mitológicos. En el siguiente enlistado, aparece primero el nombre griego del personaje, y luego el latino o romano.

Afrodita-Venus

Diosa de la belleza y el amor. Su nombre significa "nacida de la espuma", y en efecto, nace de la espuma que produce la sangre de Urano en el agua del mar, cuando este dios es atacado por su hijo Cronos.

Apolo-Febo

"El que lanza a gran distancia las saetas", "el que aleja los males". Dios de la profecía y la música. "El de la espada de oro", "el de los áureos cabellos". Es hijo de Zeus y Leto, y hermano gemelo de Artemisa.

Aquileo-Aquiles

"El de los pies ligeros"; hijo de la nereida Tetis y el mortal Peleo, rey de Ptía. Es uno de los más célebres héroes de la mitología griega, tanto que su "cólera" es el tema central de la Iliada, poema épico de Homero y para algunos, primera novela europea.

Ares-Marte

Dios de la Guerra. "El sanguinario". Hijo de Zeus y Hera. Es la potencia que alimenta las batallas y goza con la matanza y la sangre; es la cólera. Combate acompañado por sus hijos Dimo, el terror, y Fobos, el horror; y también por Éride, la Discordia.

Artemisa-Diana

Hija de Zeus y Leto; hermana gemela de Apolo. Diosa virgen, arisca y deportista, amante de la caza.

Atenea-Minerva

"La de ojos centelleantes", "la de ojos de lechuza". Es la primera hija de Zeus, de cuya cabeza nació, gracias a la ayuda de Hefestos, quien de un hachazo partió el cráneo de su padre y permitió la salida de la joven diosa. De esta manera, Atenea viene a ser una especie de representación de la sabiduría de

Zeus. Es una diosa de la guerra justa, del buen juicio, de las artes y la razón.

Cáritas-Gracias

Son tres divinidades de la belleza que esparcen la
alegría en la naturaleza y en el corazón de humanos
y dioses. Viven en el Olimpo; cantan y bailan de
manera parecida a como lo hacen las musas, con las
que incluso a veces llegan a juntarse.

Cronos-Saturno

Es un titán, el más joven de los hijos de Urano y
Gea, y también el de temperamento más violento.
Segundo soberano del universo. Padre de Zeus.

Deméter-Ceres

"Tierra madre" o "madre del trigo". Hija de Cronos y Rea; hermana, por lo tanto, de Zeus, Hera,

Ares, Poseidón y Hestia. Diosa de la vegetación y la agricultura.

Dimo-Terror

Hijo de Ares. Acompaña a éste en las batallas, junto con su hermano Fobos, el Horror, y Éride, la Discordia.

Dionisos-Baco

Dios del vino, la vinicultura y la fiesta. Es el único de los olímpicos nacido de mujer mortal, pues es hijo de Zeus y Sémele. De los ritos a él ofrendados nació el teatro.

Eos-Aurora

Hija del titán Hiperión y la titánide Tía; hermana de Helios y de Selene. Es madre de los vientos, de la estrella de la mañana y de los astros. Sus dedos "color de rosa" abren mañana tras mañana, las puertas, al carro del sol.

Éride-Discordia

Según Hesíodo es una de las primeras fuerzas que se creó en el universo. Hija de la Noche y madre de la Pena (Ponos), el Olvido (Lete), el Hambre (Limos), el Dolor (Algos) y el Juramento (Horcos).

Erinias-Furias

También conocidas como Euménides, es decir "las bondadosas". Son tres hermanas: Alecto, Tisífone y Megera, que nacieron de la sangre que cayó a la tierra cuando Cronos atacó a su padre Urano. Atormentan a quien ha cometido un crimen.

Eros-Amor

Es un dios que adopta muchas formas; es uno de los más antiguos, tanto como la madre Tierra, Gea, y el padre Cielo, Urano; una de las maneras en qué se le representa es como el pequeño cupido, niño alado que va de un lado a otro provocando el amor y el desdén, por medio de sus dardos, entre dioses y humanos.

Fobo-Horror

Hijo de Ares. Acompaña a éste en las batallas, junto con su hermano Dimo, el Terror, y Éride, la Discordia.

Gea-Tierra

Surge del Caos, como primer gran ser consciente del Universo. Madre de los Titanes y las Titánides, los Cíclopes y los Hecatónquiros, violentos gigantes de cien brazos.

Gorgo-Gorgonas

Son tres seres monstruosos: Esteno, Euríale y Medusa, las dos primeras, inmortales y la tercera, mortal. Tienen serpientes en lugar de cabellos, grandes colmillos, garras de bronce y alas de oro.

Hades-Plutón

Es "el dios no visto", "el invisible". Señor absoluto del reino subterráneo y de los muertos que habitaban en él.

Hécabe-Hécuba

Mortal, esposa de Príamo y reina de Troya o Ilión. Madre de Paris, Héctor y Casandra, junto con otros dieciséis hijos.

Hefestos-Vulcano

Hijo de Zeus y Hera. Dios del fuego terrestre, o mejor, del fuego subterráneo, así como de las artes que necesitan del fuego, especialmente la metalurgia. Es feo y deforme, pero habilísimo en su oficio, tanto así que gracias a él se ganó un lugar entre los olímpicos, con Afrodita como esposa.

Helios-Sol

Hijo del titán Hiperión y de la titánide Tía; hermano de la Aurora (Eos) y de la Luna (Selene), Diariamente recorre la bóveda celeste en su carruaje de fuego, tirado por cuatro caballos. Es "el que todo lo ve".

Hera-Juno

Hija mayor de Cronos y Rea. Hermana y esposa de Zeus, pues no existía en todo el universo una mujer con dignidad superior a la suya. Es majestuosa, recta y celosa.

Heracles-Hércules

Mortal que llegó a la inmortalidad por sus propios esfuerzos. Hijo de Zeus y Alcmena.

Hermes-Mercurio

Hijo de Zeus y la ninfa Maya. Es el astuto y ágil mensajero de su padre. Lleva los sueños enviados por los dioses a los mortales y acompaña la almas de los muertos al inframundo. Hace prosperar los rebaños y otorga las riquezas. También es dios de la elocuencia y protector de los viajeros. Tiene un sombrero de ala ancha y botas aladas, que le permiten transportarse por el aire a gran velocidad.

Hestia-Vesta

Hija de Cronos y Rea; hermana de Zeus, Hera, Poseidón, Deméter y Ares. Es la más anciana entre los olímpicos; diosa del fuego de la casa, la tradición de la familia y protectora de la estirpe y el Estado. Según Platón "sólo ella permanece tranquila en la morada de los dioses".

Leto-Latona

"La del Pelo azul" —según Hesíodo—, "la siempre benigna", la más clemente de las diosas del Olimpo, propicia a los dioses y a los hombres. Hija del titán Ceo y la titánide Febe. Madre de Apolo y Artemisa.

Mnemósine-Memoria

Titánide hija de Urano y Gea. Madre de las nueve Musas.

Moiras-Parcas

Hijas de Zeus y Temis, tres ancianas hilanderas: Atropo, Cloto y Láquesis, quienes en lugar de hilar lana hilan el destino de cada uno de los seres del Universo.

Odiseo-Ulises

Héroe hijo de los mortales Laertes y Anticlea. Rey de Ítaca. Su fama es muy grande, al nivel de Aquiles. El segundo gran poema homérico, la Odisea, está dedicado a sus aventuras luego de la Guerra de Troya. Es ingenioso, astuto y previsor.

Penelopea-Penélope

Esposa de Odiseo. Reina de Ítaca. Sus dos principales virtudes son la belleza y la fidelidad.

Perséfone-Proserpina

Hija de Zeus y Démeter. Esposa de Hades y por lo tanto diosa del mundo subterráneo. Es ella la que provoca el renacimiento de la naturaleza cada primavera.

Ponto-Mar

Su representación es la ola creciente. Es hijo de Gea y el Éter

Poseidón-Neptuno

Dios soberano del mar, al igual que sus hermanos lo son de sus respectivos territorios, Zeus del cielo y Hades del mundo subterráneo. Es "el que hace temblar la tierra". Hijo de Cronos y Rea. Con su tridente hace brotar fuentes en la tierra más árida y es él quien inicia la domesticación del caballo.

Rea-Cibeles

Titánide, hija de Urano y Gea. Esposa de Cronos y madre de Hestia, Démeter, Hera, Ares, Poseidón y Zeus.

Selene-Luna

Hija de Hiperión y Tía. Hermana de Eos, la Aurora, y de Helios, el Sol. Es una diosa hermosa que por la noche recorre la bóveda celeste en un carro de plata tirado por dos caballos.

Temis-Equidad

Titánide, diosa de la Ley. Hija de Urano y Gea.

Urano-Cielo

Surge de Gea, como uno de los más antiguos seres del Universo, se casa con ella y engendra muchísimos hijos, entre los que destacan los titanes y las titánides, y los cíclopes y los hecatónquiros, gigantes de cien brazos. Es el primer gran soberano del Universo. Es destronado por Cronos, el más pequeño y salvaje de sus hijos.

Zeus-Júpiter

Es el jefe de los olímpicos, el "padre de los dioses y los hombres". "El que apila las nubes". Es hijo del titán Cronos y la titánide Rea. Dios de la luz, del cielo sereno y del rayo. Aunque es dios del cielo no se identifica con éste, como pasa con Urano.

MAPAS

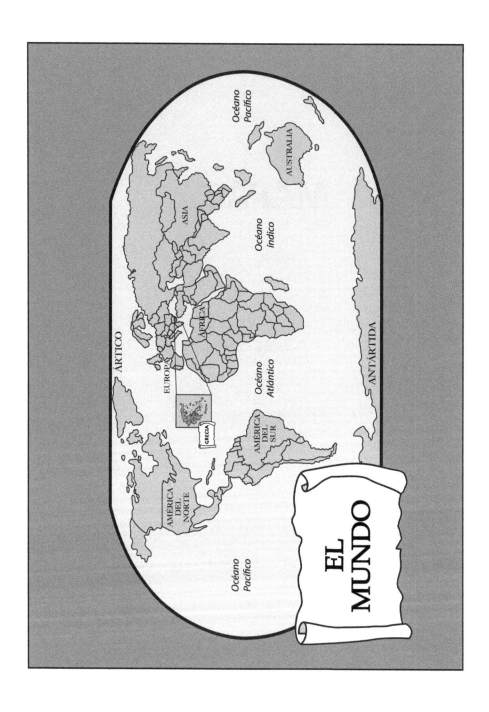

CPSIA information can be obtained
at www.ICGtesting.com
Printed in the USA
LVHW100117160519
618043LV00002B/37/P

9 786074 535631